夢は逃げない。

Talking by Ayumu Takahashi

逃げるのはいつも自分だ。

高橋歩

6.9
MILK
CONDENSED

等身大の自分？
等身大じゃチビのまま。
背伸びしないと成長し
ないだろ。
牛乳飲めよ！って感じ
だな。

覚悟を決めろ。
覚悟さえ決めれば、
勇気なんて勝手に湧い
てくる。

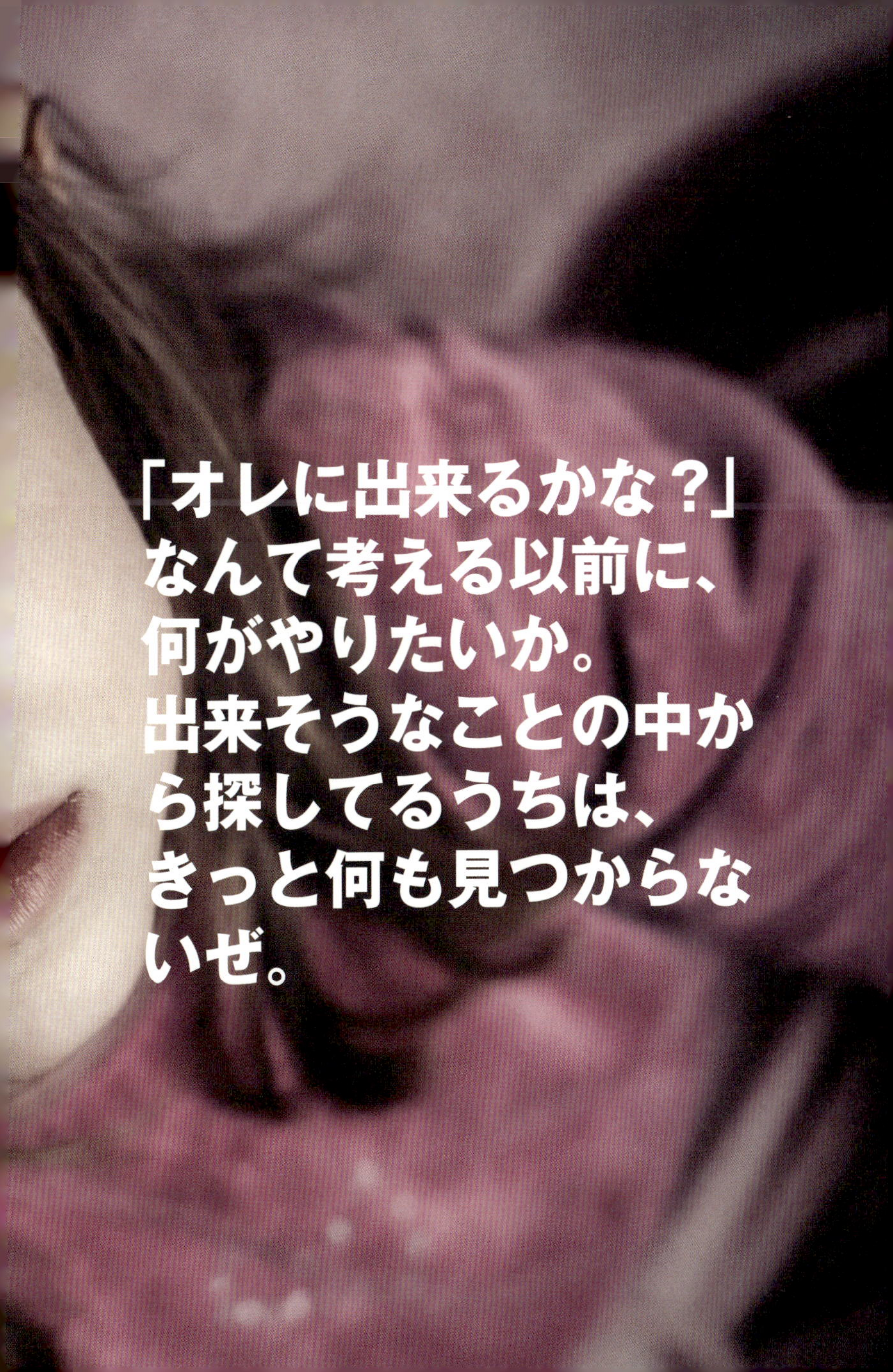

「オレに出来るかな？」
なんて考える以前に、
何がやりたいか。
出来そうなことの中から探してるうちは、
きっと何も見つからないぜ。

デカイこと言って、
やらないのは最低。

ハッタリぶっこいて、
やっちゃえば最強！

大きな岩を動かしたければ、はじめから「みんなであの岩を押そうよ」なんていってないで、まず一人で押してみる。

F U ★ K

ブルーハーツに悪口言
われるような、マリオ
ネットな人間だけには
なっちゃいけねぇよ。

夢は逃
逃げるの
自分だ。

ずない。
のはいつも

PROLOGUE

この本は、高橋歩が、これから夢を叶えようとする仲間、後輩、読者たちとの飲みの場で、本気で語ってきた様々な言葉、エピソード、アドバイス、ユーモア、考え方を一冊にまとめた語録集だ。

高橋歩と出会ったのは5年前のこと。
当時、24歳のサラリーマンだった僕は、以来、ことあるごとに彼の元を訪ねては、一緒に飲み、夢を語り、アドバイスをもらってきた。
自由に生き、夢を叶え続ける大先輩との飲みの場での言葉は、斬新かつ独創的で、時にとても過激で厳しいものだった。そして毎回、僕が新たな夢に挑戦する節目で会いにいくごとに、必ず一つ宿題を残してくれる。
本人が意識的にやっていることなのか、結果的にそうなっているのかはわからないが、その宿題というのが鋭く核心をついてくる。
宿題を言い渡された瞬間、自分の痛いところを見事につかれ、後頭部をバットで思いっ切り殴られたようなショック（無論、そんな所、殴られたことはないけれど……）を受けるのだが、その宿題をひとつずつクリアするたび、すべての夢が魔法のようにあっさり叶っていった。

出会ってからの5年間で、僕は夢だった自分の本を出版し、目標だった1万部を突破した。サラリーマンを辞め自分の出版社を立ち上げ、理想の自分の店を持つことができた。やってみたかった南米進出にも挑戦し、そして最高の家族を手に入れた。
また、今こうして、念願だった高橋歩の本まで出版することができている。
30代を目前にし、僕は自由と夢を叶えるチカラを手にすることができた。
これは僕の人生における宝だ。

高橋歩の飲みの場での言葉は、人をそれだけ変えるチカラがある。
この本は、その無限の言葉たちを、僕の独断でセレクトした高橋歩のベスト語録集だ。

これから夢に挑戦しようとする人や、自由に生きたい人たちにとって、僕が高橋歩から宿題を受け取ったように、何かを感じてもらえるものだと信じている。

NORTH VILLAGE
北里洋平

夢は逃げない。

Talking by Ayumu Takahashi

逃げるのはいつも自分だ。

高橋歩

ドラゴンボールを７つ集めたら現れる神龍はどんな願いもかなえてくれる。だとしたら何を願う？

そう、やりたい事なんて「何でもできるとしたら、何する？」みたいな軽いノリでいいんだよ。自分の人生につながるものとか、社会のためとか、いちいち一石二鳥を狙うと、本当にやりたい事から遠ざかっちゃうんじゃないかな。
子供の頃、願いごとするのに、将来を考えて教材を買ってもらったり、環境を考えてエコグッズを欲しがったりなんかしなかっただろ？
その瞬間に「しいて言うならこれ！」くらいの感覚でいいから、思いついた中で一番面白いって感じることをやるんでいいと想うよ。やりたい事が見つからないとか、自分には何が向いてるんだろうとか、頭でそういう風に考えているうちは、その先に答えはない。
神龍に頼んでみる感覚、それで十分だべ。

たとえば、今、100円しか金が無いとして、ストロベリーアイスとチョコアイス、どっちを買いますか？って聞かれたとする。両方食いたいけど、買えない。だからストロベリーを選んだ。何でストロベリーか？ 理由なんてないよ。「両方食いたいけど、どちらかと言えば、微妙にストロベリーの方が食いたいと思ったから」としか言いようがない。
決断って、この程度のことでいい。何を選ぶかなんて、たいして重要なことじゃない。大事なのはその後だよ。そこからの割り切りが大事。ストロベリーアイスを食いながら「やっぱチョコにすればよかったな」と思うか、「ストロベリー、最高！」と思うか。最高！ってヤツのほうが美味いに決まってるだろ。選んだ後、最後まで諦めないでやる奴は「やっぱこっちを選んでよかった」って、どのみち言うんだよね。何を選択するかよりも、選んだ後の行動の方がよっぽど大事。

どれだけやって、やり
ぬくか。「あの時、ああ
してれば良かったな」
なんてのは、まったく
次につながらない。ジ
ャスト後悔、何も生ま
ないよ。

ものごとや進むべき道
の決め方として、
「判断」と「決断」って
いう２つの方法がある
と想う。

「判断」と「決断」。これはまったくの別モノなんだよね。常識的に、確率論的に、多数決的に、正しい方を選ぶのが判断で、逆に、多数決で100対1の少数派になるようなリスキーな方を選ぶのが決断なんだと想ってる。
目的を達成するためには、判断も決断もどっちも大切なんだろうが、オレは、市場がどうだとか、経験者がどう言ってるとかで判断した時よりも、まわりから「失敗するぞ」と言われながらもリスキーな道を決断した時の方が、断然ワクワクする。
もちろん大変さ。でもその方が全力を出せるし、結果的にやりたいことが出来る道だってことを、オレは経験的に知っているしね。

勇気って感情的なもの。だから、「勇気を出すぞ！」ってコントロールして出せるもんじゃない。
覚悟を決めろ。これは自分次第で出来ることだからね。覚悟さえ決めれば、勇気なんて勝手に湧いてくる。

大切なのは勇気ではなく、覚悟。ハラを決めてしまえば、すべてが動き始めるよ。

夢を叶えるための必要なことは、「ここぞ」という勝負時に、死にものぐるいで結果がでるまでやるっていう覚悟だと思う。人によって「死にものぐるい」の度合いは違うだろうけど、自分の限界をはるかに超えて、死にものぐるいになれるヤツにとって、夢はちゃんと叶うものだよね。
バスケに例えるなら、プレイヤーとしての平均点よりも、自分の最高得点を上げることだな。ぶっちゃけ、オレの平均点は一般レベルだよ。ただ、最高得点だけは誰にも負けない自信がある。その最高得点を「ここぞ」という勝負時に出せるようになれば、平均点が何倍も高いヤツらより、夢は叶うようになるよ。
その最高得点が、たまたまのまぐれだろうが、数を打って当たったものだろうが、手段を問わず死にものぐるいでやった結果だろうが、何だっていい。夢はそれで叶うし、まわりの印象にはその最高得点しか残らないから。

万全の準備をしたヤツが最強とは限らない。一つの覚悟が、すべての統計や確率に打ち勝つことだってある。

オレらが何かを始めるとき、世の中は必ずというほど「理由を説明しろ」と言ってくる。でもそんなもん、自分がただ「カッケェって思う」とか「鳥肌が立つ」とか「ああいう風になりてぇ！」とかで十分じゃね？

そうやって理由ばかり求めるから、やる方も「みんなに理解されないと始めちゃいけないんだ」って考えちゃう。そうすると、元々持ってた熱みたいなものも、だんだん削られて、トゲが取れて丸くなっちゃう。イザ始める時には、既に消耗しきっちゃってる感じの人、多過ぎるじゃん。

新しいフィールドで挑戦しようとすると、いつだって大人たちは「実績は？」って聞いてくるんだ。でも考えて見なよ。初めてやるヤツにそんなものあるわけないだろ。「これからやることが実績になるんです」としか言えないじゃん。売れるか売れないかなんて、やってみないと誰にもわからないわけだしね。

本気さで勝つ、アツさで勝つ、バイブスで勝つ！

初めてやるヤツにとって、よりどころはこれしかないとオレは想ってる。裏を返せば、それだけは誰に対してもボロ勝ちできるようじゃなきゃ、ダメなんじゃないかな。

本気さで勝つ、
アツさで勝つ、
バイブスで勝つ!

メリット、デメリットなんて考えていたら、何も出来ないよ。そんな差し引きで人生の方向を決められちゃ、たまんない。
社会ではよく費用対効果とか言うが、それについてもオレは、「今回の人生でペイ」「オレの人生的にアリ」くらいでしか考えてないな。自分の店を出したら楽しそうだし、たとえ失敗しても、人生的にはペイするからアリ！って感じでね。
もちろん最悪の場合というのは考えるけど、それは失敗したときのことを想定するというより、自分でケツを拭けるように覚悟を決めているだけだよね。

とりあえず突っ込んで、
学んで、必要に応じて軌
道修正。
それでいいべ。

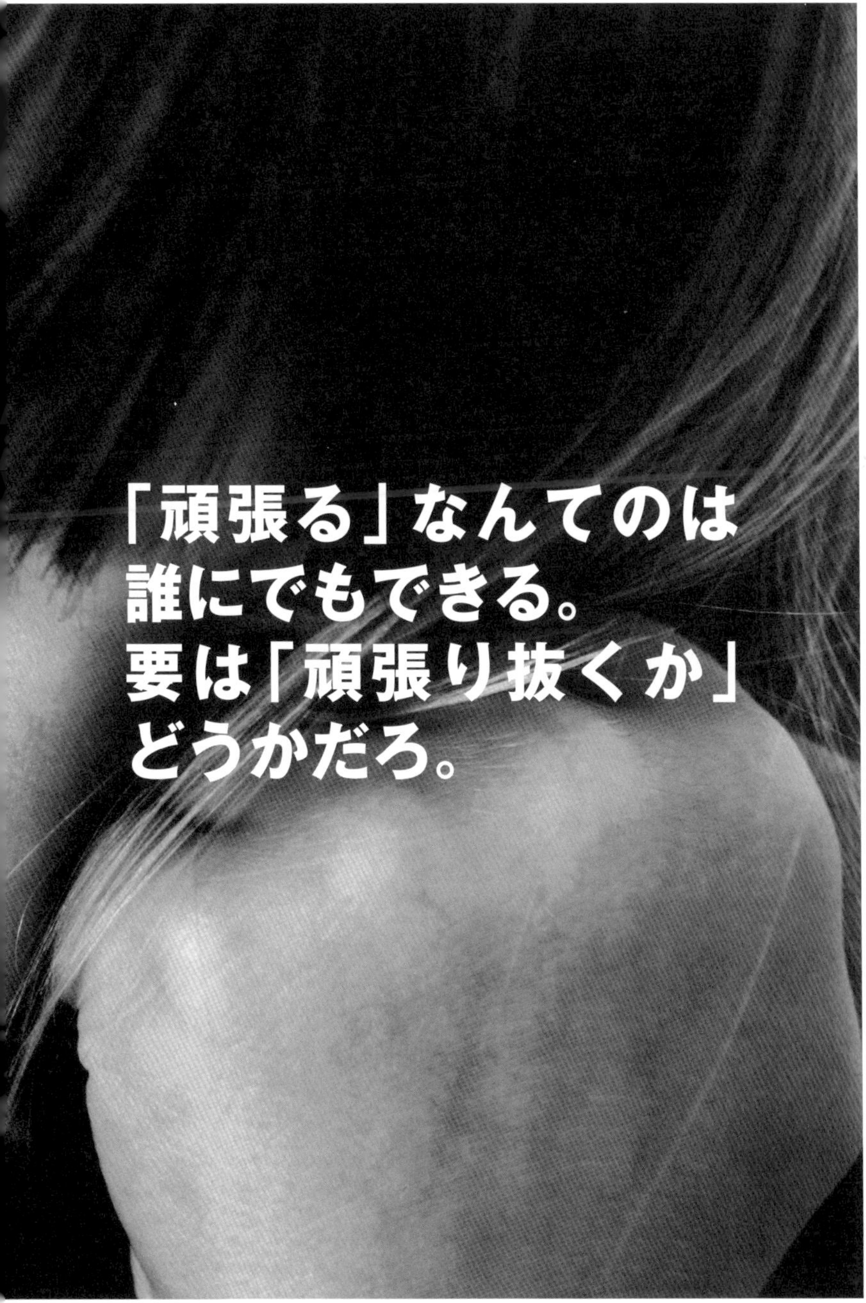
「頑張る」なんてのは
誰にでもできる。
要は「頑張り抜くか」
どうかだろ。

「もっとやりたい事ができたから、やめる」なんて、ただ覚悟が足りなかっただけだろ。
本当に覚悟を決めたヤツは、途中で諦めたり、嫌いになったりなんかしない。そういう次元はとっくに超えているはずだよ。夢に対しても、女に対しても、浮気心を持っちゃうのは、本当に決めることができてないから。「他にやりたいことができたから」っていうのは、浅いよな。
自分が決めたことはクリアしてから次に行かないと、人生が積み重なっていかないしね。なにをやっても同じ段階で無限ループすることになって、ひとつ上のステップには絶対に行けない。

やり切ることに意味がある。やり切ってはじめて終わりが始まりになるんだよ。

デカイことなんて言わず、身分相応に静かに生きてくより、デカイこと言った後に「ヤベェ、言っちった、もう後戻りできねェ」って一人で頑張る方が、オレは美しいと思うし、アートを感じる。少なくともオレはそうやって生きて来たし、これからも変わらない。まずデカイこと言って、逃げ道を無くす。オレの場合、それがパワーになるから、デカイことを言うのはとても大事だと想ってる。
もちろん不言実行が格好良いって言うのもわかるけど、やらない事を言うのがハッタリであって、要はちゃんとやりゃあいいんだよ。

デカイこと言って、
やらないのは最低。
ハッタリぶっこいて、
やっちゃえば最強！

やりたいけど忙しいからできない?
そもそも、オレら人間を含めた動物の本能には、「やりたい」か「やりたくない」かのどちらかしかないはずだよな。「やりたいけど忙しいからできない」みたいな真ん中はない。
たとえば仲間に誘われて、「忙しいからできない」といって断るのは、ただ「やりたくない」か、誘った相手が嫌いだから一緒に「やりたくない」か、どっちかなんじゃない? だからオレは、忙しいってことを言い訳にするヤツとは、絶対に組まない。

「やりたい」か、
「やりたくない」か。
「やる」か、
「やらない」か。
常に二択で生きたい。

そんなのただの夢物語？
そんなことを言ってるヤツは、夢は叶わないものみたいな前提で考えちゃってるだろ。夢を追ってるんだから、夢物語に決まってるじゃん。
夢は叶うまでやるものだからね。オレは常に、叶う時のイメージしかしてないし、叶わないイメージなんてまったく無い。だから頑張れるわけだし。
よくデジャブって言うんだけど、夢が叶った瞬間、「あっ、この場面の映像、オレ見た事ある！」ってことがあるんだよね。

「そんなの夢物語だよ」なんて、オレにとっては褒め言葉でしかない。

好きな事をやって食っていけるほど、世の中は甘くない？

世の中ってさ、甘くないって説教するような人にはハバネロ並みに激辛だけど、好きな事をやり続けている人にとっては激甘なんだよね。神様は、好きな事をやり続ける覚悟を持っている人を、いい方向に導くようにセッティングしてくれるから。ライフイズビューティフルっていうか、ワンダフルワールド、神様ありがとう！って感じだな。そう言うオレだって、心が折れそうになって、「甘くないな、やっぱヤメとこうかな」って弱音を吐いた瞬間に、即ハバネロコース行きさ。でも心配なんて皆無。いつだってオレは、やりたいことをやりぬく覚悟があるからね。

「才能がない」とかって、なにかといえば親のせいにしているヤツとかいるけど、才能を語れるのは、世界二位が世界一位に勝てないとか、そのレベルの話だよな。そういう次元じゃないところで才能のせいにしてるのは、ただ自分が出来ないことを誰かのせいにしたいだけ。マジ、親に失礼だよな。努力が足りないだけだべ。
ぶっちゃけ、オレが夢を叶えまくってるのは、どんな上手くいかない時でも「目指してきたけど、まだ目指せ！」って、やってきたから。

才能があろうがなかろうが、できるまでやれば絶対にできちゃうわけだからね。

なぜ絶対と言い切れるか？　とても単純な話オレは出来るまでやめない。だから絶対出来るんだよね。

飛びぬけた才能があるヤツってのはごく一部で、オレも含めてほとんどは普通の人間さ。だとすれば、自分に出来る範疇でやりたいことを考えたんじゃ、普通のことしか出来るわけがない。自分が出来そうなことの中に「アツい！」と想えることなんてあるわけないだろ。
「オレに出来るかな？」なんて考える以前に、何がやりたいか。
出来るか出来ないかなんて、関係ないべ。やってみなきゃわかりっこないんだから。

出来そうなことの中から探してるうちは、
きっと何も見つからないぜ。

人生最大の選択？
Believe your 鳥肌。鳥肌が立つほどの感動なんて、めったに出会えるもんじゃない。理屈なんかじゃなく、自分の心のどっか奥のほうが勝手に反応したわけだろ。それなら信じられるし、後悔はない。過去のデータとか統計とか、偉い人の言葉なんかより、自分が心底震えたことのほうが、はるかに本当であり、嘘がないよな。だから大きな選択を迫られたとき、オレは、自分の鳥肌を信じてる。

BELIEVE YOUR
鳥肌。

夢なんて追いかけてる
時間も余裕もない？
夢よりも現実のほうが
大事？

そんなこと言ってるようじゃ、いつになっても何もできねぇと思うよ。満杯のコップには、それ以上の水は入らないからね。もしそうであれば、一回捨てないと、新しいものは何も入ってこないぜ。

上手くいく、いかないなんてのは、人生の中で誰もが同じように味わうものだと想うんだよね。

オレにだって、嫌なことや上手くいかないことが重なることだってもちろんあるけど、人生80年の物語としてみれば、重なったって当然だよな。だから全然落ち込まない。嫌なことが10回続こうが、オレの感覚では「この章は嫌なことが続いてるけど、そんなこともあって物語が面白くなってくんだから、まぁいいべ」ってね。それだけのことだよ。
そんなことよりも、「今、失敗が続く章ってことは、次はブレイクする章ってことかぁ、やったーっ！」って、むしろ喜んじゃえばいい。

PILOT

定職について安定？
嫌なことを続けてまで
安定したいなんて思わ
ないし、それをオレは
安定と呼ばない。
心の安定の方がよっぽ
ど大事だよ。

オレは世間的によくいう安定なんて、いつでも手に入るものだと思ってる。こういう素晴らしい時代に、日本という豊かな国に生まれて、ラッキーだろ。仕事は無限にあるわけじゃん。「不景気だ、仕事がない」とか「年齢によって」ってよく聞くけど、山ほどある就職情報誌をちゃんと見りゃ、いくらでもあるべ。選り好みさえしなけりゃね。
オレは仕事が変わろうが、金があろうがなかろうが、住む場所がちょくちょく変わったりしても、ちっとも不安定なんて思わない。一つの会社にずっといて、一カ所に住んで、安定した収入がずっとあっても、心が不安定なヤツをいっぱい見てきたから。
だから、そんな見せかけの安定を追い求めるより、世の中から見れば不安定に見えるようでも、心が安定している状態を目指した方が、よっぽど格好いいよ。オレもそういう人間になりたいと想ってる。

癒されたい?
若いうちは、いちいち癒されてる場合じゃないだろ。疲れて当然、行き詰まって当然。癒しを求めてるヒマなんてない。

攻撃が最大の癒し、
充実が最大の癒し、
ガンガン行こうぜ！

学歴は大事？
オレは大学中退だけど
かなり幸せだよ。

実感として、学生時代に習った難しい数学の公式とか、歴史の年表とか、オレの人生にはかなり関係無かったな。いま社長やって、そこそこ稼いでるしね。
ただ、宇宙飛行士になりたいとか、学者とか医者とか、高学歴でないと行けない世界だってある。それを目指すなら、つべこべいわず、いいから行けよ東大！って言いたいけどね。

NEED
IS
LOVE
やっぱり愛だよな、愛。

有名にならないと本は出せない？
そんなことねぇべ。
昨日、本屋の新刊コーナーに行ったら、ロナウジーニョの本より、オレの本の方がたくさん並んでたぜ。

20代で自伝なんて早すぎる？
自伝を出すために出版社を創ったオレにとって、自伝を書くのが早いかどうかなんてことより、とにかく「自伝ってマジ格好良い！」って想ったのがスタートだったんだ。「自伝ってのは有名になったら書くものだ」っていうのが普通なんだろうけど、オレは自伝を出して、それで有名になろうって発想。「その方が掟破りで格好良くね？」って仲間と盛り上がってさ。結果、そうなったからラッキーだった。
オレは、人生は作品だと想うんだ。25歳には25歳の、30歳には30歳の春夏秋冬が成立してる。すべての人生には、歳にかかわらず必ず輝いてるものがあって、そこをどう見るかによって、いくらでも自伝になるんじゃないかな。有名な誰かとか、他人と比べるんじゃなく、自分の人生を一つの作品と捉える視点を持つことができれば、人生はもっと面白くなると想うんだよね。
「一人の老人の死は、一軒の図書館が焼け落ちるってことだ」って言うけど、本当にその通りだよな。

若い時から色んなことがいっぱいあって、それを積み重ねていくのが人生。子供だって、老人だって、誰もが自分の自伝を生きているんだよ。

誰もがアユムさんみたいに格好良く生きれるわけじゃない？
オレが浪人して塾に行ってる時、現役で大学に行ったヤツらと会うのが嫌で、そいつらがよくいる繁華街を避けて、まわり道をしてた時期がある。人生で一番ダサい日々だったな。
結局、オレもみんなも、強くて格好良いところもあれば、弱くて格好悪いところもある。同じ人間じゃん。今の自分が格好良く生きられてないとしても、これから先もずっと格好良くないって思っちゃダメだよね。

他人の目にどう映るかは別として、
自分が「カッコいい」と想う人間には、誰だってなれる。
オレはそう信じてるよ。

オレの友達で、給食センターで働いてるヤツがいるんだけど、そいつは本当に給食が好きで、ワインゼリーで1時間、揚げパンで2時間は語るんだよね。安月給で、うだつも上がらないんだけど、なぜかトークライヴを500回ぐらいやってきたオレより話が面白いの。

職業に上も下もない。
当たり前だよ。

日本の政治家に不満？
ハイ、そう思う人は政
治家になりましょう。

政治に限らず、会社や学校もみんなおんなじ。会社に不満なら社長になりましょう。学校に不満なら校長先生になりましょう。
文句をいくら並べてもなにも変わらない。それはただの愚痴だろ。
文句をたれるくらいなら、自分でルールを変えた方がいい。それにはルールを変える力を持つこと。本気なら、それしか方法がないでしょ。さすがに、もう文句を言うのも疲れたべ。

ルールを守れないヤツは悪？
誰だって他人が決めたルールに従うのはイヤだよな。
でもオレはブツブツ文句とか言いたくないし、だったら「オレがルールを決める側にいきたい」って想う。だから仲間と会社創っても、全部自分で決められるように、「オレ、社長じゃないとやらねぇ」ってなるんだよね。もちろん、その分の大きなリスクは自分で背負うことになるんだけど。その覚悟も含めてね。

ルールに縛られるのがイヤなら、自分でルールを創る立場になればいいんだよ。

好きな事をできるのは
若いうちだけ？
オレは実感として、歳
をとればとるほど自由
になって、よりやりた
い事ができてるぜ。

「若いうちだけだ」とか言ってる大人は、若いうちから好きなことやってなかったんだろ、って想う。
最初はトム・クルーズに憧れてバーやって、自伝出したいって出版社起こして、妻と世界一周行って、あげくの果てには30歳になって今度は「楽園作ろう!」って沖縄で自給自足の村を創った。なんか、どんどん頭がおかしくなってるよな。でもオレは、歳をとるほど面白くなるし、自由になるし、好きな事ができるようになるってことを、自分の子供に証明したいって想ってるんだ。
若いうちしか好きな事ができないんじゃ、人生は尻すぼみじゃん。それは一番サムいだろ。だから若いうちから好きなことを頑張って、すぐに結果なんか出なくても、ビビるなって想う。そこで自分のココロに「経験」っていう最高の財産が貯まっていくから。
「すべての失敗は一度の成功で経験と言われる」ってのは、その通り。ドラクエの経験値アップだよ。経験値積んでレベルが上がれば、魔法を使えるようになったりして、自然に好きな事ができるようになるじゃん。オレ自身、それをすごく実感してる。だから「好きなことをやってられるのは若いうちだけ」なんて概念、考えたことすらないよ。

去勢されるな。
望むことを忘れるな。

リアルな話、一日8時間は寝てるとすれば、起きてる時間は16時間。そのうち8時間働けば、起きてる時間の半分は仕事してるってことだよな。人生80年と考えれば、50年働くとして、それこそ半分以上。そう気が付いたとき、ベタだけど、やりたいことをやりたいって心底想ったんだ。

仕事でやりたいことをして、残った時間で好きなことをすれば、人生は全部楽しいわけじゃん！

遊ばざる者、
働くべからず。

オレの場合、遊びと仕事の境界がまったくないから、遊ばないとそもそも食っていけないしね。もちろん、みんながみんなそうじゃないってのはわかる。ただ少なくとも言えるのは、楽しいからマジになれるし、マジになるからこそ金になるんだってこと。
だからこそ、「大人がマジで遊べば、それが仕事になる」って心から想うんだよね。

一日三食卵と米しか食わずに、栄養失調気味で自分たちのバーを目指していた20歳の時から、「好きな事を仕事にした方がいい」って言い続けてた。でも確かに、店が上手くいかなくて、本当に借金でどん底を味わった時は、正直、「あ〜、店なんかやらずに大学生のままでいれば良かった」って考えた事もあったよ。
その時は、店も、いわゆる世の中の流行に則ってやろうとしちゃってたんだよね。それを取っ払って、本当に自分たちの好きなように店をやると決めて、突っ走り始めてから、仕事としても上手くいくようになった。だからオレは、成功したから言えるとかじゃなくて、どん底の苦しい経験を含めて、やっぱり「好きなことを仕事にした方がいい」って想うよ。

成功したから言えるとかじゃなくて、どん底の苦しい経験を含めてやっぱり「好きなことを仕事にした方がいい」って想うよ。

倒れるときは前のめり
やるだけやっちまえ！

マーケティングが大事？
人間、自信が無くなると、流行を取り入れようとしたり、媚びたりしちゃうんだよな。でも、オレみたいに器用じゃない人間にとって、マーケティングとかって、一番やっちゃいけないことだと想ってる。だってその土俵で勝負したら、たくさん投資している人や経験者に絶対負けるだろ。
やりたい事をやりたいようにやり抜く覚悟が本当にあるのなら、信じるのは自分の直感だけで十分だよ。あとは「これだ！」って信じる方向に突っ走るだけ。

オレにとって、流行や
マーケティングなんて
FUCKだよ。
1ミクロの価値もない。

起業するのに一番重要なのは、コネや金や経験なんかじゃないよ。本当に必要なのは覚悟だけ。

何か新しい挑戦をする時、始めからすべてが上手くいくとは想ってないし、そんなはずないだろ。でも、どんなに大変だろうが、やり抜く覚悟さえあれば、それだけで無敵だよ。
コネと書いて「自分をしばる鎖」と読む。投資なんて受ければ、金は入るけどヒモがつくじゃん。経験や過去のデータも、とらわれ過ぎれば新しいモノを生み出す足かせになる。人それぞれだけど、オレはそう確信してる。

サラリーマンをやりながら起業? オレなら逆の発想で、よりリスキーな方向にいくな。守られた状況の中では、自分の全力が出せないんだよ。「現状がそれなりにいい感じ」で「失敗してもとりあえず何とかなる」っていう状況で、新たな挑戦が成功するわけがないよな。オレの経験上、安牌があったら絶対負ける。何よりもオレは、「今、全力出さないとアウト」っていう状況を求めているから、余裕がある中で何かに挑戦するのは面白くないんだ。だからこそ、安全なもの、支えみたいなものは、敢えて無くしたい。

超ガチンコ、ここで負けたら終わりって状況で勝負した方が結果、上手くいくんだよ。

何事もバランスが大事とか言う大人がよくいるけど、最初からバランスをとることなんて考えるなって想うよ。全力でやらないための言い訳にしか聞こえない。それじゃただのパワーダウンじゃない？
そのせいか、「やり過ぎてはいけない、セーブしなければ」とか、ストッパーが効き過ぎてるヤツが多いけど、バランスをとろうと考えてる時点でバランスがとれてないんじゃない？ そもそも、やり過ぎる前からバランスとか言ってること自体、わけわかんねぇしな。

まず、やり過ぎる。
そして気付く。
自分なりのバランスは
それからで十分だべ。

ムキになって仕事をしているヤツはアツ苦しい?
オレは逆に、そこまでマジにならないで出来ちゃう仕事なんて、簡単すぎてツマラナイ。それどころか、アツ苦しいぐらいの熱じゃ生ヌルいと思ってるから。熱湯くらいにアツくならないと、夢なんて叶うわけがない。本気になるのは格好悪いと感じる人もいるんだろうけど、人が本気になってる姿ほど美しいものはないとオレは思う。肩に力が入っちゃって、ちょっとブサイクになっちゃってる人を、冷ややかな目で見たり、クールぶって「オレはまだ本気出してないッスよ」みたいなことを言ってるヤツは、結局何も出来やしないさ。

アツ苦しいを通り越して、「ゲッ、そこまでやるか」っていうのがオレにとっては最高の褒め言葉なんだよね。

石の上にも３年？
つまらない石の上に、
３年もいたらダメだろ。
それをやるかやらない
かってのは、３年もか
けて頭で考えるものじ
ゃない。嫌な石の上に
は２秒で充分、次の石
に即移動！

もちろん「継続は力なり」みたいに、3年くらいやらないとわからないことだってある。そして、本当にコレと覚悟したことなら、3年なんてあっという間。つまらないなんて思わないはずだよ。

嫌だからといって会社
を辞めるのは逃げ？
嫌なことを続けること
の方が、よっぽど逃げ
だぜ。

よくいるじゃん、「なぜ私が嫌なのに続けるかというと、第一に……第二に……」って、理由を説明するヤツ。それって言い訳と同じだし、第一の時点でグッバイだよな。そういう風に、無理矢理に理由を考えて、嫌な事を続けようとすること自体が逃げなんだと思う。
本当にやりたい事のために、嫌なことを我慢する。もちろんそれは避けられない。でもそんなときは、言い訳なんてしないだろ。「今は嫌だけど、本当にやりたいことだから我慢する」、以上。言い訳をいくつも並べるくらい嫌なら、とっとと逃げ出せって言いたいね。

自分の仕事を嫌ってる
ようなクソッタレだけ
には、ならないほうがいい。

社会に合わせる、相手に合わせる、流行に合わせる。そんなこと考えるくらいなら、自己満足って思われてもいいから、自分の感覚を信じるようにしてる。
大人たちは、仕事というものに社会貢献的な動機付けを求めるけど、人間、そんなものだけでテンション上がるようにはできてないと思うんだ。オレも、店や出版が上手くいった時には、結果として、色んな人から「ありがとう」とか言ってもらえたりして嬉しいけど、それはあくまで結果であって、そんな高尚なことを目指したわけじゃないしな。
たとえば、「オレ、貧乏に生まれたから絶対金持ちになりたい」って言うヤツと、「世界の平和のために、温暖化のために……」って言ってるヤツでは、自分が金持ちになりたいっていうヤツの方が絶対に強いよ。テンションが違うから。オレの中にも「ヒーローになりたい」「アユムくん、スゴい！って言われたい」「今までやってきたことを認めさせたい」とか、エゴイスト的なものはいっぱいあって、それは大きなパワーだしね。
何かを始めるとき、たいそうな大義名分は一切いらねぇべ。そんなこと考えているうちにテンション下がってくしね。理由なんて、ヒーローになりてぇとか、格好良いとか、マジぶちかましたいからとかで十分だろ。
自己満足でいいんだよ。結果、上手くいった時には、世のため人のためにもなってるよ。

自分が格好良いと思う
ことをやる。
以上！

えっ？
夢は叶えたいけど、ムカつく人に頭を下げてまでやりたくない？
う～ん。それで少しでもやりたいことに近づくなら、オレはガンガン土下座するね。

やりたい事が土下座で片付くなら、むしろラッキー。夢のためなら、土下座なんて高くないよ。
ただ、そこに明確なボーダーはある。家族とか仲間の悪口を言われたら、夢なんて余裕で吹っ飛ばして中指立てる。だからオレはジダンを本当にリスペクトしているんだ。世界で一番サッカーを愛していた男が、ワールドカップの決勝って舞台で、姉ちゃんの悪口を言われて、頭突きに行くんだぜ。キャプテンで国を背負って出場してるヤツがだよ。ちょっと頭に来たとかのレベルじゃない。最高にアツいし、格好良いよね。
だからこそ、ムカつく人に頭を下げたくないなんてレベル、正直どうでもいいよ。

失敗を怖がっているヤツって多いけど、ぶっちゃけ1回や2回の失敗で死ぬほど、人間は弱くないぜ。

とくにビジネスの失敗なんて、どうとでもなる。迷惑かけた人に本気で謝って、本気で借金返して、本気でまたやろうとするヤツにとっては、むしろヌルいよ。会社を辞めるかとか、好きな事で食えるかどうかなんて、全然大きなことじゃない。人生なんてかかってないよ。失敗なんて、ビビるに値しないべ。

オレは反省フェチだから、失敗した時には「オレのやり方が間違ってたのか、根本が間違っていたのか？」って、まず考える。テクニカルなやり方が違ったのであれば、方法を変えるだけ。根本的な姿勢が間違っていれば、「ハイ、ゼロから考えよう！」って感じかな。どんな失敗だって、全部がダメだったわけじゃない。ちゃんと出来たことと、そうでなかったこと、その比率の問題だけだよね。
失敗したら、落ち込めばいい。で、一瞬で反省して、引きずらない。自分の中だけに溜めずに、仲間と「ここはミスったな、間違ったよね」っていうポップな反省会。仲間と酒を飲むすばらしさは、そこじゃん。
あとは今、自分がやりたいことに対するワクワク感が変わらずあれば、そこで停滞なんてしてられない。

ツッタカターン！って
感じだよ。

新しい挑戦をすると、次から次へと大変なことが起こるけど、オレはそれを「教材」って呼んでる。

挑戦を続けると、教材は学習塾みたいにどんどんグレードアップされて、ゲーム感覚でひとつひとつクリアしていく。そうするうちにレベルが上がって、そろそろ次にどんな教材がくるか分かってくるようになるんだよな。
最終的にその挑戦から教材がこなくなる頃には、まわりは褒めるヤツばかりになっている。そうしたら、次の挑戦へと進む。オレはずっとそうしてきた。挑戦がカタチに実を結んで安定してくると、新しくやりたいことが湧いてくる。次の塾に行く感じかな。

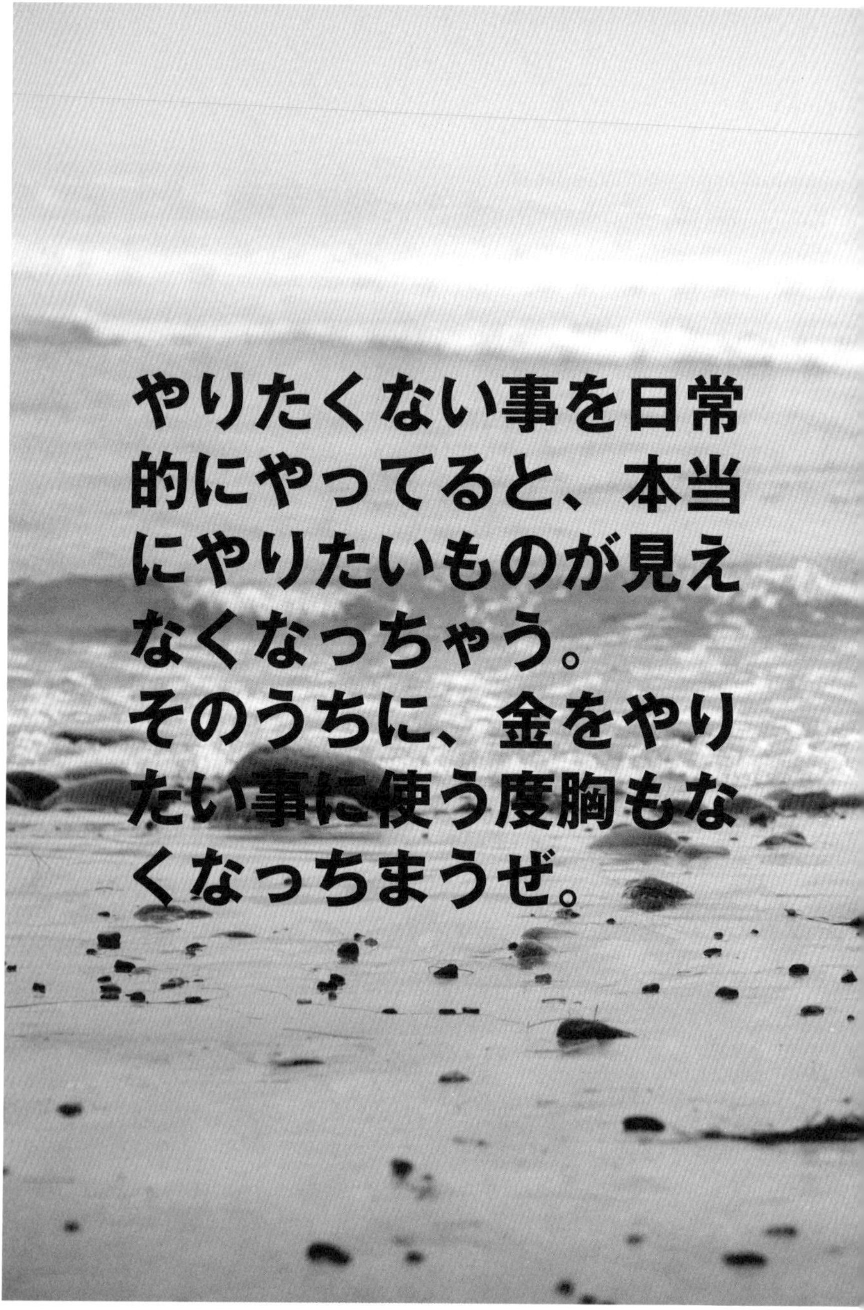

やりたくない事を日常的にやってると、本当にやりたいものが見えなくなっちゃう。
そのうちに、金をやりたい事に使う度胸もなくなっちまうぜ。

借金100万円、どうしよう？
新車1台ぶっつぶしたと想えば、楽勝だろ。
借金1000万円、ヤバい？
事務所が全焼したと想えば、余裕だよね。

**借金1億円、超ヤバい？
1億も借金ができるなんて、オマエ、マジすごいな。**

借金は悪か？
今でこそ「借金は善！」とか堂々と言うオレだけど、20歳ぐらいまでは「借金して失敗すると最後は借金取りがきて首つり自殺」みたいなことをマジ想像してたよ。
で、実際に自分の店とかやってみて、借金まみれになった時、最初に思ったのは「確かに借金、ヤベェな、大変だな」。だってせっかく借りて集めた金は減る一方で、収入は全然ないんだもんな。正直ビビったし、何とか売れるようにしなきゃと、無理して流行を取り入れてみたり、確実に破滅に向かってた。
でも、そんなオレらを変えたのは、ある一枚のポスター。
「気合いと免許で、明日から40万円。佐川急便」
この言葉はオレらにとって、革命だった。気合い、ある。免許、持ってる。キターッ！ って思うよな。
借金600万円。仲間4人。一人150万円。返済期間40万×4ヶ月。それで終わりじゃん。超ラクショー、だったらいけるだろ。やりたいようにやっちまおうぜ！って思ったね。全員で家賃3万円ぐらいのとこに住んで、4ヶ月間死ぬ気で返済していくのも、ゲームみたいで楽しいかもしれないって。このぐらいなら最悪でも自力で返せるっていう自分のリミットを知るのは、新しいチャレンジする上でも武器になるんだよ。

合言葉は
「コケたら佐川」。
36歳になった今でも
最高の心の支えだね。

「まずは準備をしながら貯金して」とか言いながら、結局、何もやらずにフェイドアウトしていくヤツって、けっこう多いんだ。それに対して文句を言う気はまったく無いけど、あまりピンとこないな。5年も6年もかけて金を貯めてから店やるってヤツより、とりあえず借金ぶっこいてとにかく始めちゃって、1年後にはもう店つぶして、でも「オレら店始めたんだけど、もうつぶれて、今みんなで肉体労働で燃焼して、返済しまくってるッスよ」とか語るヤツの方が、絶対にアツい。

いつまでたってもコツコツ金貯めてるヤツより、すぐに店つぶしちゃっても、次の夢を笑って語ってるヤツの方が、何だか可能性を感じるね。

友達から金を借りるのはイケナイことか？

やりたい事のために金がどうしても足りないとしても、確かに、誰だって友達から借りたくはないよ。
学生時代の卒業アルバム引っ張りだして、片っ端から電話で金を借りてバーを始めたオレではあるが、当然のことながら、まずは自分名義で、アコムとか武富士とかオフィシャルルート(?)から借りた。そもそも銀行から借りられるようなヤツは悩む必要無し。即借りてこいって感じだよな。
さらに持ってるモノとかも全部売り払って、まずは自分がオケラになる。それでもどうしても金が足りなくて、友達からお金を借りる時は、「最悪、こいつは内蔵売ってでも返すんだろうな」って、語らずして悟られるくらいのバイブスがあれいいんだ。それなら相手も貸した金が返ってこないなんて心配はしないよ。「オレを信用して金を貸してくれたアイツらだけは裏切れねぇ!」って気持ちが、よりパワーを生んだりするしね。
さらにいえば、借りた金を完済して「マジ、助かった。ありがとう」って言いながら寿司をおごる瞬間って、至福の時だったりするんだぜ。

サービス残業? 残業代がもらえなくて納得できないなら、訴えれば?って感じだな。
オレはバーテンダーの時、ずっと時給300円とか400円でやってきた。でも「オレはこうなる!」って夢のためにやってるというスッキリ感があったから、労働基準法とかどうでもよかったね。夢に向かってさえいれば、あとは生存できれば御の字だよ。
自分の働く目的が、金なのか、夢なのか、ハッキリすれば覚悟を決めやすい。金をとるならマグロ漁船に乗ってガッツリ稼ぐもよし、会社を訴えて残業代を請求するもよし。

本当に自分が夢に向かってると言うなら、
残業代？　時給？　どうでもいいべ。

会社でやりたい仕事をやらせてもらえない？ そりゃそうだろ、給料もらってやってるんだから。金もらってやってる以上、誰かに従って仕事をするのはしょうがないべ。
オレは、他人につべこべ言われてやるのがイヤだから、何をするにも全部自分の金でやってる。

本当に好きなようにやりたいなら、自腹でやれって想うよ。

結果が出なかった時に「結果がすべてじゃない」って言えるのは、自分で金を出して、自分でケツを拭くヤツだけだろ。そうじゃないのに「結果は出なかったけど、全力でやったんです！」とかアピールしてくるヤツに対しては、方法や段取りはどうでもいいから、もっと考えて、結果で示せ、と言いたい。結果が出るまでやれ、それでもダメだったら、ちゃんと頭を下げろ！ってオレは想うよ。
一生懸命やるなんてのは、当たり前。酷な言い方を敢えてするなら、一生懸命やろうが、やるまいが、結果が出なかったツケが消えるわけじゃないからさ。最後は自分じゃない誰かにその責任なり負債なりが降りかかる立場でやる以上、「結果じゃない」なんていう考えは捨てた方がいい。それを言いたければ、自分の金、自分の責任でやるしかない。だからオレはすべての夢に対して、常にリーダーとしてじゃないとやらないようにしているんだ。

オレは、他人の金で自分の夢を追うようなまねはしない。

貯蓄ってのは、通帳に
並ぶゼロみたいに目に
見える貯金もあるけど
自分のタマシイに貯ま
るものってのもあるん
だよ。

とにかく、自分が本当にやりたい事を精一杯やる。それは目に見えないけど、自分の中で確実に貯まっていく。
通帳の残高なんて墓場に持っていく気はまったくないが、タマシイに貯まったソレは、しっかり持ってくつもりだよ。

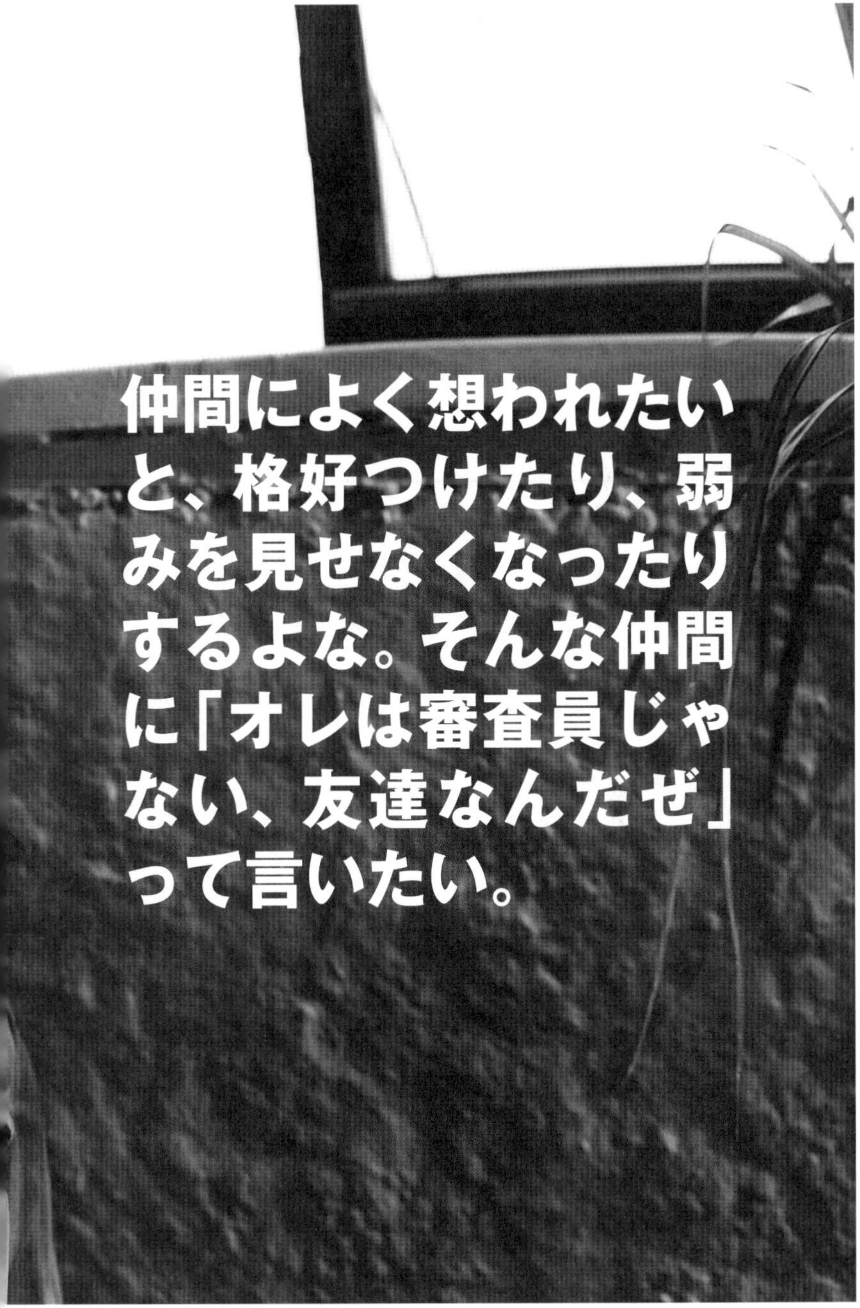

仲間によく想われたいと、格好つけたり、弱みを見せなくなったりするよな。そんな仲間に「オレは審査員じゃない、友達なんだぜ」って言いたい。

オレはもともと、そんな自信があった人間じゃない。それでもいつも自分を信じていられたのは、家族や仲間がオレを好きでいてくれたから。

それが一番の自信の根拠だよ。
だって「そんなオレがイケてないわけがない！」って想えるだろ。

仲間が賛同してくれるのを待って、自分一人ではちっとも動こうとしないヤツがいるけど、そういうのはあまりピンとこないな。仲間は大事だけど、一人でもやるヤツが集まることに意味があるんだ。「人間は一人だ」って言い切ったヤツが集まるのが最強なんだとオレは思う。
あの大きな岩を動かそうって時は、まず自分一人で押してみることだろ。オレの経験上、言い出しっぺが「オレは一人でもやるぜ！」って言い切らないと、いくら仲間が集まったところで、壁にぶつかる度に解散の危機になるさ。はじめから「みんなであの岩を押そうよ」ってことばかり言ってるような、単品では立てないヤツらが組んだら、かけ算すればどんどんマイナスになってくよ。だってそれぞれが１以下なんだから。
仲間がいるからできるんじゃなくて、一人でもやる覚悟があるから仲間が集まる。結果、一人じゃ出来ないことがやれるようになるんだよね。

大きな岩を動かしたければ、まず自分一人で押してみる。

「おまえがそこまで言うなら」だけで、まわりを説得できるようなヤツになればいい。

夢への近道？
オレは、自分が夢を叶えたいっていうより、コイツらと一緒にやりたいっていう感情の方がでかいから、道を歩いているプロセスが好きなんだ。だから近道なんかしたら、もったいない。

PL学園じゃないけど、いきなり最強のチームに入って高確率で甲子園を狙うより、無名高校のチームで、ゼロから這い上がって甲子園を目指す物語にこだわりたい。優勝っていう体験の一員になることよりも、自分が選んだ仲間と甲子園出場を目指すギリギリの空気を味わうことに醍醐味があるわけだし。「おまえがダメな時は、オレらがカバーするよ」みたいな、つぎはぎだらけのチームでね。オレは自分の人生を、ベタな青春ドラマだらけの物語にしたいと想っているんだ。

人脈は宝？
人脈なんて１ミクロの価値もねぇよ。名刺交換ばかりして、自分の人脈を自慢してるヤツとかいるけど、名刺なんて路上で配ってるチラシと変わらないべ。

オレが大切に想うのは、家族と、「コイツに裏切られるなら後悔はない」と信じ切れる仲間と、朝まで楽しく飲みながらバカ話ができる友達。オレはそいつらを人脈なんて呼ばないしね。
本当に行動している人のまわりには、必要な人間が自然とタイムリーに集まってくるものなんだ。何かをやる前から「人脈が大事」とか言ってるヤツは、どんな人とつながっても、大した事ができるとは思えないぜ。

会社を友達同士でやってはダメ？

オレは全部友達とやってきた。つまり友達としかやってない。一緒にやってる時、共に人生重ねて、腹を割って全部話せる。オレにとって友達ってのは、そんなヤツだよね。仕事上だけの付き合いじゃなくて、人と人として一緒にやるヤツっていう意味。
だからこそ、仕事は友達とじゃないとできないね。

I WAS HERE.
I WAS too

親しき仲にも礼儀あり?
一緒に何かをやる時くらい、土足ありの関係でありたい。
お互いの人生に踏み込み過ぎてるようなね。

一緒にやる仲間に相談するのは当然だけど、根っこの部分、一番重要な核の部分は自分で決めて行くべきだってのがオレの考え方。「GO or NOT」、オレの場合、これだけは自分で決める。そこから先にある「How to」の部分は、みんなで相談して決めるようにしているんだ。

本当に大切な部分だけは、他人に相談しない方がいい。

仲間とビジネスをやる時は、みんな対等であるべき？
もちろん友達としては対等でも、ビジネスをやる時は、最後は誰に決定権があるのかをハッキリさせておくべきだと、オレは想ってる。みんなでお金を出し合って始めると、対等になっちゃう。だからオレは今、すべてのプロジェクトにおいて、必要な金は全部自分で出すようになったんだ。仲間で始めても、続けるうちに角度が違ってきたりもするしさ。
いい意味の、独裁。仲間でやってくのが好きだからこそ、最終的な決定権は自分で持っておこうと想ってるんだ。

言い出しっぺが、最後は全責任を負う。
それが当たり前のことだろ。

自分の美学として、嬉しい事は仲間と共有し、本当にツライ事は一人で背負え、と想う。だからツライときだけ仲間に相談ってのは好きじゃない。
「笑顔は2倍、涙は半分」ってのは、あまりピンとこないんだよね。

どれだけ仲間がいたって、奥さんがいたって、人間は一人。自分は一人。そこを思った上で、仲間と付き合う。これがオレの美学だな。
ツライときに「わかるよー、それ」って言われれば和むけど、それは「苦しいのはオレ一人じゃない」って思えてラクになれるから。もちろんそれも大事、でもラクなだけじゃ意味ないからね。

覚悟は一人で。
やるのは仲間で。

夢の途中で仲間が抜けるのは、やっぱり寂しいよ。それが中心メンバーだったらなおさらね。

「大変なことがあってもやり抜くって約束だったじゃん」って言いたい気持ちはあるし、給料を払ってたりしてたら、オレはお前に投資していたのに、なにも返さないまま消えるのかよ、なんて感じてしまうこともある。
でもね、そこで「お前、それは逃げだろ。一度やると言ったなら、最後までやれよ」って言うのは簡単だが、それは言わないよ。
オレは一人でもやるという覚悟を前提に始めているからさ。
ただ、最後に上手くいって、ビールかけをする時に、そいつがいないのが寂しい。オレはその瞬間だけをイメージしてやってるからね。

たとえどんなに世の中のためになっている人でも、家族を犠牲にして、環境のため、世界平和のためって動いていたら、全然ピンとこないな。家族って、いわば人の源流。源流が汚れている川からキレイな水は流れっこないでしょ。
世界って、家族が集まってできているもの。家族がうまくいってなきゃ、自分の足下がくずれているんだから、何も積み上がっていかないよ。世界平和って言いながら、自分の家族が崩壊してちゃ、意味不明だよな。

自分の家族も守れないヤツに、日本も世界も環境も平和もない。

うちの親父は小学校の先生で、オフクロは幼稚園の先生。とてもほのぼのした家族で、親とも仲良かったよ。
でも20歳の時、「大学を辞めてバーをやる」って言ったら、オフクロから「水商売なんて、人殺しの次に親不孝だ」って言われた。その言葉を聞いた時は、すごいショックだったな。でも丸一日考えて、こう想ったんだ。
自分がやりたいことを親に言われたからという理由で諦めたら、オレの人生がツマラナイのは「親があの時止めたからだ」って一生言うだろうな、って。それをちゃんと両親に話したら、オフクロは言ったね。
「なにはともあれ、最大の親不孝は、子供が親のせいで人生がツマラナイって想うこと」
生き様とか、仕事とか、マジどうでもいいから、根本的に幸せになって欲しいって言われたんだ。ただ子供に幸せになって欲しい。親の究極の願いはそれだけじゃん。
だからって親父もオフクロも納得したわけじゃなく、でもオレはそこで確信して、「じゃあ悪いけどオレ、やるわ」っていう感じで、喧嘩別れだけど、大学辞めて自分の店を始めることにした。結果として、最大の親不孝になる一歩手前で、気付いたんだよね。
『北の国から』の巣立ちじゃないけど、そういうタイミングって、人生で一度は必要なのかもね。

「やめなさい！」って親に反対されてあきらめるようじゃ、どのみち上手くなんかいかねぇだろ、とも想うしね。

自分の親みたいに丸くなりたくない？
まぁ、親に食わしてもらってる学生時代にヤンチャだったってのは、結果として何の自慢にもならねぇよな。やっぱ自分の金でヤンチャできるのが格好良いわけであって。
でもオレだって学生時代は、親に仕送りをもらいながら「日本を変える！」とか言っちゃってたし。ちょっとバイトして10万円ぐらいもらって「やっぱ自分で稼いだ金じゃないとね」とか言って、オレを塾なり大学なりに行かせるために、親が毎年何百万円も払ってくれてることなんて、完全に脳内から外してたな。それで満員電車に乗ったサラリーマンとかを見ると「マジ、サラリーマンなんかにはならねーよ」とか言っちゃうの。彼らが誰のために働いてんだってことを忘れてた。
初めて世界一周から帰った頃は、よく自慢げに旅の話をしたけど、でも今考えれば、子供を一人大学に行かせる金があれば、世界一周なんて余裕でできる。オレもわかってなかったな。学生時代のメチャクチャさってのは、何の自慢にもならない。
要は歳とって、結婚しても、子供が生まれても、オマエやれるのか？ってことだよね。

歳とるごとに
ファンキーになっていければ最高！

家族を持つと、やりたい事を我慢しなければいけなくなる？
やりたい事ができないのは、本当に結婚や子供が理由なのか？
まず自分にそう問いかけた方がいい。

結婚や子供が理由で、やりたい事をできないって言ってるようなレベルのヤツじゃ、たかが知れてるよね。
オレは結婚して、それまでより自由になったし、子供が生まれてもっと自由になった。だから当然、やりたい事もよけいやれるようになった。その理由は、オレの中では明らかなんだ。
ホームって言葉があるけど、人間は、家族とか、自分が帰るとこがしっかりしてればしっかりしてるほど、攻められるようになるんだよね。「コイツらだけは、絶対に何があっても待っていてくれる」って信じられるキズナが深まれば深まるほど、強くなる。守るものがあるからこそ、攻められるんだ。
子供にとっても、「父ちゃんは自分が生まれたから、やりたい事を諦めたんだ」って思わせるのは申し訳ないしね。子供のためにも、自分のためにも、遊びだろうが何だろうが、父ちゃんはやりたい事をやる！
それをオレは子供に示したい。

妻のサヤカは、根っこのところでオレを一番わかってくれているから、オレが本当にやるって決めたことは、必ず理解してくれる。ほとんどのことは相談するけど、時には独断でやると決めることもある。そういう時、サヤカは必ず賛成してくれるんだよね。
ただ、さやかが上手いのは、その上で条件を出してくること。たとえば、住む場所や生活費のことだよね。沖縄に自給自足のビレッジを創るって決めた時は、まず「大変なのはいつまで？」って聞かれた。で、オレが「1年間」って答えると、サヤカは「自給自足のビレッジなんて意味はわからないけど、じゃあ1年間は生活費はいくらでもいい。でも子供が生まれたら毎月30万円ちょうだいね。好きな事をやってるから子供の給食費が払えないっていうのは、違うと思うから」ってね。で、子供が生まれたら、「アユムが子供を田舎で育てたいってのはわかるけど、子供のための買い出しだってたくさんあるし、最低限ジャスコ10分圏内ね」って条件だった。だからオレは、毎月30万円の生活費を渡し、ジャスコまで車で10分のところに住んだよ。

ちなみに時速150㎞で、
だけどね。

「会社の存続が掛かってるどんな大事な会議よりも、子供の運動会を優先する」って、オレは全社員に宣言して会社を創ったから、家庭を犠牲にしてまでやりたい事なんてなにも無いよ。

家族を最優先するためなら、今やってることが全部吹っ飛んで、近くのスーパーでバイトしなくちゃいけなくなっても、全然構わない。社長として100億円の利益を上げるより、家で子供が「父ちゃん、一緒にお風呂入ろ！」って言ってくれる方が、はるかに大切だから。
子供といると本気を出すからね、オレは。東京でガツガツと仕事をしていた時よりも、専業主夫になって、子供と一緒にいられる貴重な時間を割いて、空いた時間で仕事をしている今の方が稼いでるよ。

仕事が忙しくて、子供と一緒にいる時間がない？
そういえばオレも想ってたな。子供が生まれてもガンガン仕事して、たまに家に帰って、たまに子供とキャッチボールするような父ちゃんになるんだ、って。
でも、実際に子供との生活が始まった時に、考えが変わった。子供と一緒にいなきゃっ、ていうより「一緒にいたい」って感情。恋愛とおなじだよ。
そこからは、もう仕事は丸投げ。まわりのスタッフに任せる度が高くなった。子供のおかげで、というか、おかげさまで、自分にしかできないこと以外はやらなくなったよね。そうすると結果的に、スタッフも責任と自覚をもっと強く持つようになってくれたんだ。

仲間も大事、仕事も大事、家族も大事。ただ三択の時は、すべてぶっとばして家族を選ぶ。

炊事と洗濯は女の仕事?
それが男の仕事か女の
仕事かは、家族次第だ
よね。

オレは家族ってチームだと想ってるから、会社の担当部署みたいに役割分担をはっきりさせてるんだ。どちらかが気付いた時に、ってのは好きじゃないしね。そこをきっちり決めないと、仕事が大変な時とか「今、忙しいんだから、お前がやれよ」とか想っちゃうようになるじゃん。奥さんからしたら「それぐらいはやってよ」って言いたいだろうしね。だから、本当に忙しくて出来ない時は、「ゴメン、これはオレの担当だけど、今ちょっとできないから、今回だけお願い」って言うよね。うちには、妻の休日ってのが週に一日あって、その日は家事も子供の世話も全部オレがやる。マジ大変なんだよなぁ、その日だけは。

主婦はラク？おまえ主婦をやってから言ってみろ、って想うな。

今まで、バーやって、出版社やって、世界一周やって、色んな冒険をしてきたけど、オレは今、専業主夫を名乗ってる。そこで想うのは、こんなに大変な仕事はないってこと。主婦業を仕事にするなら、会社をいくつも創る方が全然ラクだな。
主婦がラクだと言うんなら、普通の主婦ってのを一度やり切ってみろって感じだよ。オレは主婦リスペクトだよ。

家族を日本に残して大好きな旅に出ると、出発した飛行機の中から、楽しみっていうワクワクと、家に帰りたいって想いがセットで込み上げてくる。

だからこそ「だったら、家族で世界一周だべ！」ってね。家族全員連れて、キャンピングカーでの世界一周を決めたんだ。
キャンピングカーは別名「モーターホーム」って呼ぶ。それこそホーム丸ごと一緒に動くんだから、ホームシックなんてかかりっこないじゃん。最強の旅だよね。

家族で世界一周って言うと、子供の教育はどうするんですか？って聞かれることがある。
親として、子供に教育を受けさせなきゃいけない義務があるのはもちろんだけど、学校に行かせなくちゃいけないという義務は、オレはあまり感じないんだ。必ずしも学校に行かせることだけが教育だとは思わないし、義務教育より旅教育だと想うんだよ。
世界一周して学校が2、3年遅れるのと、世界一周をあきらめて日本で小学校に行かせるのと、どっちがいいか真剣に考えて、入学が遅れてでも世界一周を選択した。子供たちのためにも、オレたち夫婦にとっても、これがベストだと選んだ決断なんだ。家族全員で「ジャーニースクール」に入学したと想ってる。

オレが何よりも自分の子供に伝えたいのは、「父ちゃんと母ちゃんを見ていると、大人になるのって楽しそうだな」って想えること。生き方は彼らが勝手に決めてくれればいいよ。

今回の世界一周が終わったら、いままでの実績や蓄積がまったく通用しないところで、ゼロから勝負したい。だから旅を終えたら、海外に住もうと決めてるんだ。

「タカハシアユム？ 誰だよそいつ、知らねぇよ」って中で、何が出来るかだよ。

愛する人との自由な人生。
オレが本当に望むのはそれだけ。

老後のために生きる人を、老人という。

等身大じゃチビのまま。
背伸びしないと、成長しないだろ。
等身大のままでいいのは、すでに巨人なヤツだけで、オレも含め、まだみんなチビだべ。等身大のままじゃ困っちゃうよ。
牛乳飲めよ！って感じだな。

もう一度言おう。
夢は逃げない。逃げるのはいつも自分だ。

自由に生きるために必要な心意気とは？

新装版『はばたけ、オレの自由ドリ』

NORTH VILLAGE／定価 本体1500円+税
監修：NORTH VILLAGE
ISBN978-4-86113-311-4 C0095 ¥1500E
ISBN978-4-86113-311-4 C0095 ¥1500E

自由人 高橋歩
「大人がマジで遊べば、それが仕事になる」

旅人 ロバート・ハリス
「正直な話、格好良くさえあれば、あとはどうだっていいんだ」

夕陽評論家 油井昌由樹
「他人の真似をするぐらいなら、そいつの歯ブラシを使う方がマシだよ」

自由に、オリジナルに生きる大人たちの最強トークライヴを収録!!

NORTH VILLAGE BOOKS & ADVENTURE

ACCESS

★さいたま新都心駅(宇都宮線・京浜東北線)より徒歩20分、北与野駅(埼京線)より徒歩15分
★さいたま新都心駅／北与野駅からバス(系統：新都 01・01-2・02 行き先：北浦和駅)、
「イオン与野ショッピングセンター」バス停より徒歩 1 分
★首都高速5号池袋線→高速埼玉大宮線 与野出口より3分

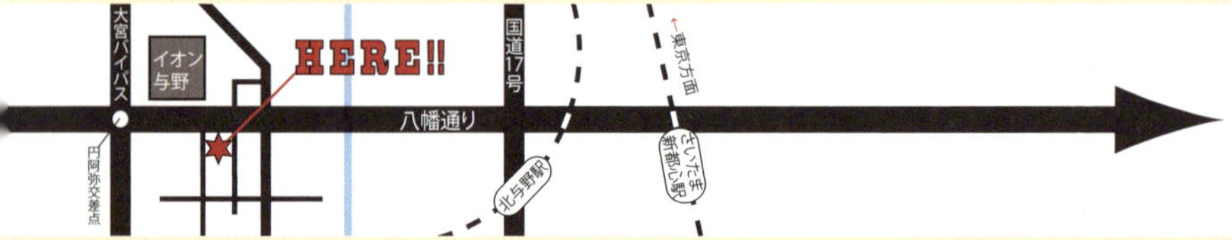

高橋歩　Ayumu Takahashi
1972年東京生まれ。自由人。20歳で大学を中退し、仲間とアメリカンバー「ROCKWELL'S」を開店。2年間で4店舗に広がる。23歳、自伝を出すため「サンクチュアリ出版」を設立。返本の山から始まり仲間とがむしゃらに売り込みを続け、『毎日が冒険』がベストセラーに。26歳で結婚。結婚式の3日後、すべての肩書きをリセットし、妻とふたりで世界一周の旅に出かける。約2年間で世界数十ヶ国を放浪。帰国後、沖縄へ移住し、自給自足のネイチャービレッジ「BEACH ROCK VILLAGE」を主宰。「A-Works」「Play Earth」「One Peace Books」を設立。遊び場を世界に広げ、出版や飲食を展開する。
著作の累計発行部数は150万部を突破。その熱い言葉と生き様は、若い世代を中心に広く支持されている。
2008年11月、再び旅人に戻り、現在も家族4人で無期限の世界一周中。

［Official Web Site］　http://www.ayumu.ch

夢は逃げない。逃げるのはいつも自分だ。

2010年8月1日　初版発行

著　　者　高橋歩
編　　集　池田伸
デザイン　高橋実
発 行 人　北里洋平

発行元　株式会社 NORTH VILLAGE
〒338-0004　埼玉県さいたま市中央区本町西 4-18-11
TEL：048-764-8087　FAX：048-764-8088
http://www.northvillage.asia

発売元　サンクチュアリ出版
〒151-0051　東京都渋谷区千駄ヶ谷 2-38-1
TEL：03-5775-5192　FAX：03-5775-5193

印刷・製本　創栄図書印刷株式会社

ISBN978-4-86113-312-1